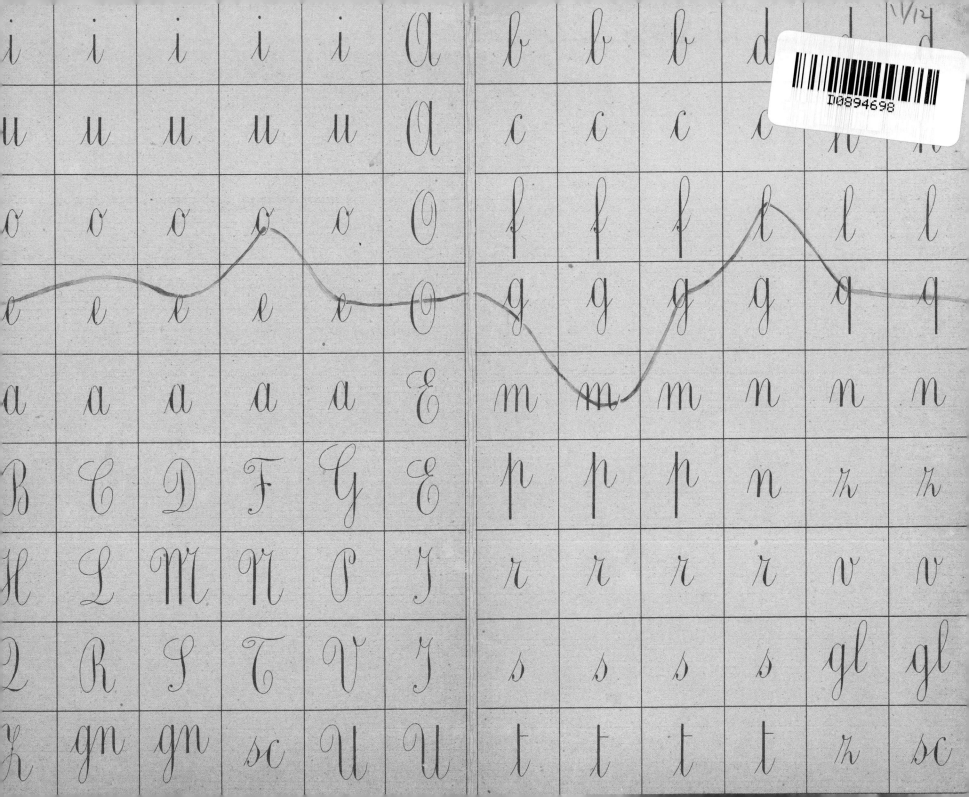

A J, M y P,
a m y m h,
a N, M
y l a q s m s.
　　　Cristina Falcón

A Julio, Mathias y Pablo,
a mamá y mis hermanas,
a Nelda, Mar
y a los amigos que sueñan mis sueños.

A Damiano
　　　Marina Marcolin

Colección libros para soñar

© del texto: Cristina Falcón Maldonado, 2012
© de las ilustraciones: Marina Marcolin, 2012
© de esta edición: Kalandraka Ediciones Andalucía, 2012
Avión Cuatro Vientos, 7. 41013 Sevilla
Telefax: 954 095 558
andalucia@kalandraka.com
www.kalandraka.com

Impreso en Gráficas Anduriña, Poio
Primera edición: abril, 2012
ISBN: 978-84-92608-56-0
DL: SE 1517-2012

Cristina Falcón Maldonado

Marina Marcolin

LETRAS
en los cordones

kalandraka

Flor es la más grande de nosotros siete.

Tiene siete años.

Por eso y porque es muy valiente, podemos ir a la escuela con ella.

No le tiene miedo a la oscuridad, ni a los espantos

que dicen que aparecen a las seis de la mañana.

Creo que también quiere ir a clase porque le gusta ponerse

los zapatos y la ropa de ir a la escuela.

Flor es la que se levanta primero

para que mi abuela le desenrede el pelo y le haga las trenzas.

Dulce y yo aprovechamos ese rato para estirarnos en la cama,

que queda toda para nosotros.

Los que vamos a la escuela dormimos juntos

para no despertar a los otros

y que no empiecen más temprano de la cuenta

a darle guerra a la mamama.

Pero los domingos, cuando viene mi mamá, juntamos las dos camas

para tenerla más cerca y escuchar mejor sus cuentos;

Flor dice que ella solo nos cuenta las cosas buenas.

Nos gusta dejar que mamá se acueste en el medio

para que a todos nos toque un pedacito a su lado

y que nadie pelee por la envidia de los besos.

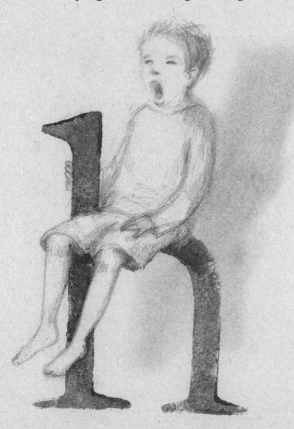

El lunes es el mejor día porque mi mamá baja del cerro con nosotros,

y aunque Flor es muy valiente, cuando vamos con mi mamá

sabemos que no nos puede pasar nada malo.

Yo creo que si se nos apareciera el jinete sin cabeza,

mi mamá le daría un buen regaño por habérsela dejado perdida,

y lo mandaría a buscarla, en vez de andar por ahí

asustándolo a uno.

También me gusta cuando mamá nos cuenta cosas por el camino,

lo que le ha pasado durante la semana.

A veces también nos cuenta alguna historia de cuando ella era pequeña.

Después nos pide que nos portemos muy bien,

que aprovechemos la escuela y le hagamos caso a la abuela y a Flor.

Mamá siempre nos promete que nos llevará el domingo al pueblo

a comernos una barquilla de helado, una de fresa.

Mientras yo me imagino el helado, mi mamá le encarga a Flor

las cosas que tiene que hacer: que tenga cuidado con la vuelta

cuando compre en la tienda para que no la engañen,

como le hacían cuando no sabía sumar, o como engañaban a mamá.

Le encarga también que nos cuide mucho,

que ayude a la mamama con el fogón y la comida,

porque ya le está fallando la vista, y con el cubo del agua,

porque últimamente se ha puesto más y más flaca,

más y más pequeña.

A mí no me gusta la escuela, lo que me gusta es el vaso de leche

que nos dan al llegar, la merienda y la hora del recreo,

cuando la maestra nos presta la pelota.

A Flor sí le gusta la escuela, le gusta mucho,

y más desde que le dieron el libro de lecturas.

No se le arruga porque lo cuida mucho, pero si sigue así,

se va quedar sin dedo, de tanto pasarlo por las letras.

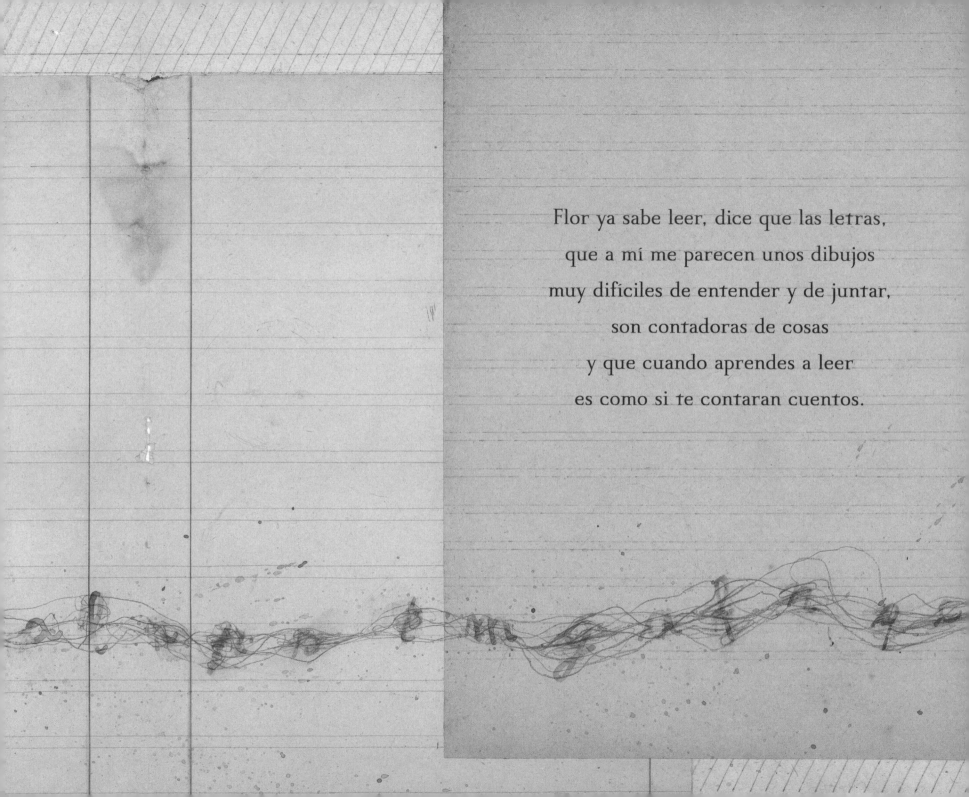

Flor ya sabe leer, dice que las letras,
que a mí me parecen unos dibujos
muy difíciles de entender y de juntar,
son contadoras de cosas
y que cuando aprendes a leer
es como si te contaran cuentos.

A mí las letras no me han contado nada todavía,
yo creo que saben que no me gustan y se quedan calladas
porque están bravas conmigo. Pero Flor sí que nos cuenta.
Saca historias de las copias del cuaderno y de alguna revista
que le presta la señorita Virginia, su maestra.

A Dulce también le gusta la escuela, porque es pequeña

y lo único que hace es jugar y jugar;

ya veremos cuando le toque ponerse en serio con el silabario.

A lo mejor resulta ser como Flor, que le gustan las dos cosas,

porque a Dulce también le encantan los zapatos;

seguro que por ir calzada es capaz de entusiasmarse con la escuela.

Aunque... Flor nunca nos deja poner los zapatos hasta llegar al camino

antes de la loma, desde donde ya se ve el patio con la bandera

y las ventanas azules, bien pintaditas, de mi clase.

El otro día mi mamá se puso a llorar cuando Flor le dijo lo que quería ser
cuando fuera grande como ella.

Estuve a punto de ir a darle una patada a Flor por hacerla llorar
el poquito rato que la dejan venir a estar con nosotros.

Pero mi abuela me atajó y me explicó que a veces uno también llora de alegría
cuando te cuentan algo bonito.

Entonces le pregunté, que qué podía ser tan bonito para que mi mamá
se pusiera así y me contó que Flor les había dicho que cuando fuera grande
quería ser maestra.

Yo espero que sea cierto eso de la alegría, porque de verdad,

solo a Flor se le ocurren esas cosas, ¡maestra!, como si fuera tan fácil.

Porque Flor, aunque es la encargada de nosotros, sueña mucho;

como dice a veces mi tío, cree en pajaritos preñaos.

Yo creo que es por las letras, que a Flor las letras

le han metido esas cosas en la cabeza.

i	i	i	i	i	A	b	b	b	d	d	d
u	u	u	u	u	A	c	c	c	c	h	h
o	o	o	o	o	O	f	f	f	t	l	l
e	e	e	e	e	O	g	g	g	g	q	q
a	a	a	a	a	E	m	m	m	n	n	n
B	C	D	F	G	E	p	p	p	n	z	z
H	L	M	N	P	J	r	r	r	r	v	v
Q	R	S	T	V	J	s	s	s	s	gl	gl
Z	gn	gn	sc	U	U	t	t	t	t	z	sc